INSIGHT PUBLICA®

INSIGHT PUBLICA®
Kozhikode, Kerala, India 673011
www.insightpublica.com
e-mail: insightpublica@gmail.com
Neela Pyala
Arkady Gaidar
(Hindi Story)
First Insight Publica Edition: October 2020

ISBN 978-93-90404-35-3
Printed and Published by
Insightinpublica Printers & Publishers Pvt. Ltd.
₹ 229

नीला प्याला

अरकादी गैदार

INSIGHT PUBLICA ®

सोविएट के वे शानदार पुस्तक फिर एक बार।

भूत पूर्व सोविएट यूनियन की पुस्तकें जो केरल में व्यापक रूप से प्रसारण में थी, उन पुस्तकों की यादें हमारे मन में आज भी ताज़ा हैं। पुस्तक, जो शानदार किस्सों, दिलचस्प वैज्ञानिक तत्वों और मनोहर चित्रों से भरे थे और जो पाठकों के मन मोह चुके थे। उन पुस्तकों का हम पर एक अमिट प्रभाव था और अविस्मरणीय वाचन का अनुभव भी प्रदान किया था।

अब जब यूनियन न रहा तो, मनभावन कहानियों के वह पुस्तक भी न रहे। बस मीठे यादों वाले अतीत की ललक बाकी रह गई। फिर भी पाठक उन अनुपम पुस्तकों की लगातार खोज करते आ रहें हैं। इसलिए इनसाइट पब्लिका में हम उनमें से कुछ पुस्तकों को उसी पुराने अंदाज़ में प्रकाशित कर रहें हैं। और अत्यंत कृतज्ञता और आनंद के साथ मैं आपको बताना चाहता हूँ की इस योजना में पाठकों ने पूरे दिल से हमारा समर्थन किया है।

इस परियोजना के दौरान हमें उस महान देश के साहित्य कल्पना की गहराई और विशालता के बारे में एहसास हुआ। अनुवाद के द्वारा वह उदात्त कहानियाँ कई देशों और भाषाओं की सीमायें लांघ चुकी थी। यह पुस्तक सर्वव्यापी थे - सिर्फ एक उत्पन्न की तरह नहीं, बल्कि एक संस्कृति के रूप में।

हमने सोविएट कहानियों को भारतीय भाषाओं में अनुवाद के पुनः प्रसिद्धीकरण के इस साहसिक यत्न का श्रम यह सोचकर किया की इससे इनसाइट पुब्लिका को भी आवेग अवलम्ब मिलेगा।

आप पाठकों को अब स्कैन किये हुए फ़ोटोस्टेट कापियों से अब और नाखुश होने की आवश्यकता नहीं पड़ेगी। इनसाइट पब्लिका उन पुस्तकों को आपके हाथ में एकदम पहले वाली ताज़गी और मिठास के सात पहुंचाएगी।

अत्यंत विनम्रता और गर्व से हम आपके लिए वहीं शानदार सोविएट कहानियाँ एक बार और पेश करते हैं।

सुमेश इनसाइट.

उस वक्त मेरी उम्र बत्तीस साल की थी। मारूस्या उनतीस वर्ष की और हमारी बेटी स्वेत्लाना साढ़े छः वर्ष की थी।

उस साल मेरी छुट्टियां सिर्फ गर्मियों के अन्त में शुरू हुई। सो हमने गर्मियों के आखिरी दिन बिताने के लिए मास्को से थोड़ी ही दूर पर एक बंगला किराये पर ले लिया।

स्वेत्लाना और मैंने मछली पकड़ने, तैरने और जंगल में अखरोट और कुकुरमुत्ते जमा करने के मंसूबे बनाये थे। लेकिन पता चला कि हमें पहले आंगन में झाड़ देना है, टूटी-फूटी बाड़ की मरम्मत करनी है और अलगनी के लिए खूटियां और कीलें ठोंकनी हैं।

इन सब कामों से हमारा मन जल्दी ही ऊब गया, लेकिन मारूस्या हमारे और अपने लिए कहीं न कहीं से नये-नये काम सोच निकालती थी।

तीसरे दिन की शाम तक कहीं हम इन कामों से निबट पाये। इसके बाद, हम तीनों घूमने के लिए बाहर जाने ही वाले थे कि मारूस्या का एक मित्र कहीं से आ टपका

- वह ध्रुव-प्रदेश का एक विमान-चालक था।

वे दोनों बाग़ में चेरी के पेड़ के नीचे बहुत देर तक बैठे रहे। स्वेत्लाना और मैं आंगनवाले सायबान में चले गये और चाकू से लकड़ी छीलकर एक फिरकी बनाने लगे।

जब अंधेरा छा गया तो मारूस्या ने स्वेत्लाना को पुकारा और दूध पीकर सो जाने को कहा और खुद विमान-चालक को छोड़ने रेलवे स्टेशन की तरफ़ चल दी।

मुझे मारूस्या के बिना फीका फीका-सा लगने लगा और स्वेत्लाना भी खाली घर में अकेली नहीं सोना चाहती थी।

इसलिए हमने रसोई से एक प्याला आटा निकाला और उसमें उबलता पानी डालकर लेई बनायी।

फिर अपनी फिरकी पर हमने रंगीन काग़ज़ चिपकाकर उसे अच्छी तरह बराबर किया और गर्द-भरी अटारी से होते हुए छत पर चढ़ गये।

हम मज़े से छत पर बैठ गये। वहां से हमें अपने पड़ोसी का बाग़ नज़र आ रहा था। ओसारे के निकट रखे हुए सामोवार से भाप निकल रही थी और ओसारे में स्वयं हमारा पड़ोसी विराजमान था। उसके इर्द-गिर्द लड़के-लड़कियों का एक छोटा-मोटा हजूम खड़ा था, जिन्हें वह अपना बालालाइका बजाकर सुना रहा था। वह बेचारा लंगड़ा और बूढ़ा आदमी था।

सहसा, एक बुढ़िया कमर झुकाये, बड़बड़ाती हुई नंगे पांव अंदर से निकली। लड़के-लड़कियों को उसने भगा दिया, बूढ़े को डांटा-फटकारा और एक झाड़न लेकर ज़ोर-जोर से सामोवार को धौंकने लगी ताकि पानी जल्दी उबल जाये।

हम हंस पड़े। सोचा अब हवा चलेगी और हमारी

फिरकी तेज़ नाच उठेगी। तब चारों तरफ़ से लड़के-लड़कियां दौड़कर हमारे घर आ जायेंगे। फिर हम भी अकेले नहीं रहेंगे।

कल के लिए हम कुछ और सोच निकालेंगे।

अपने बाग़ में सीले हुए तहखाने के पास एक मेंढक रहता है। हम उसके लिए एक गहरा-सा गढ़ा खोद देंगे।

या हम मारूस्या से मज़बूत धागा मांग लेंगे और पतंग उड़ायेंगे जो चारे की कोठरी की छत से भी ऊंची उड़ेगी, सनोबर के पीले पेड़ों से भी ऊंची, बल्कि उस बाज़ से भी ज़्यादा ऊंची उड़ेगी जो दिन भर दूर आकाश पर से हमारी मकान-मालकिन के चूजों और छोटे-छोटे खरगोशों को घूरा करता है।

या कल सवेरे हम एक नाव लेकर निकल जायेंगे। मैं डांड पकड़ लूंगा, मारूस्या पतवार थाम लेगी और स्वेत्लाना यात्री होगी और तब हम उधर नाव खेकर ले जायेंगे जहां, सुनते हैं, बहुत बड़ा जंगल है और नदी के किनारे दो बर्च के खोखले पेड़ हैं। पड़ोस के घर में जो लड़की रहती है, कल ही उसे वहां तीन बड़े अच्छे कुकुरमुत्ते मिले थे। लेकिन दुख की बात है कि उनमें कीड़े पड़े हुए थे।

सहसा मेरी आस्तीन खींचकर स्वेत्लाना ने मुझे चौंका दिया:

"पिताजी," वह बोली, "वह देखिये, मां तो नहीं आ रही हैं? हमें होशियार हो जाना चाहिए। नहीं तो हमें बहुत डांट पड़ेगी।"

हां, हमारी मारूस्या ही पगडंडी पर बाड़ के किनारे-किनारे चली आ रही थी। हमने सोचा भी नहीं था कि वह इतनी जल्दी लौट आयेगी।

"नीचे झुक जाओ," मैं स्वेत्लाना से बोला, "हो सकता

है कि वह हमें न देख पाये।" लेकिन मारूस्या ने हमें फ़ौरन देख लिया और वहीं से चिल्लायी :

"तुम लोग वहां छत पर क्या कर रहे हो, निकम्मो? बाहर ओस पड़ रही है। स्वेत्लाना को कब का सो जाना चाहिए था। मैंने घर से बाहर क़दम निकाला नहीं कि तुम लोग आधी-आधी रात तक ऊधम मचाते रहते हो।"

"मारूस्या," मैं बोला, "हम तो कुछ भी ऊधम नहीं मचा रहे हैं। हम अपनी फिरकी ठोंक रहे हैं। बस अब तीन कीलें ही तो ठोंकनी रह गयी हैं - हमें थोड़ी देर और यहां रहने दो।"

"उनको कल ठोंक लेना," मारूस्या ने आज्ञा दी, "अब जल्दी से नीचे उतर आओ। नहीं तो सचमुच मुझे गुस्सा आ जायेगा।"

स्वेत्लाना ने और मैंने एक दूसरे की ओर देखा। हमने समझ लिया कि अब आयी हमारी शामत। इसलिए हम नीचे उतर आये। लेकिन हम मारूस्या से कुछ बिगड़े बिगड़े-से थे।

मारूस्या स्वेत्लाना के लिए स्टेशन से एक बड़ा-सा सेब लायी थी और मेरे लिए तम्बाकू का एक पैकेट, फिर भी हमारी तेवरी चढी ही रही।

और हम इसी तरह रूठे हुए सो गये।

***

दूसरे दिन एक और पचड़ा खड़ा हो गया। ज्यों ही हमारी आंख खुली, मारूस्या हमारे पास आयी और बोली:

"शरारतियो, भलाई इसी में है कि क़बूल कर लो ! बोलो - रसोई में मेरा नीला प्याला किसने तोडा?"

मैंने तो तोड़ा नहीं था। और स्वेत्लाना ने कहा कि

उसने भी नहीं तोड़ा। हमने एक दूसरे को देखा। हमने सोचा - इस समय मारूस्या सचमुच हमारे साथ ज्यादती कर रही है।

लेकिन मारूस्या को विश्वास न हआ।

"प्यालों में जान नहीं होती," वह बोली, "उनके टांगें भी नहीं होतीं जो वे उछलकर जमीन पर आ जायें। और कल तो तुम दोनों के अलावा कोई रसोई में गया भी नहीं। प्याला तुम्हीं ने तोड़ा है और अब अपना क़सूर भी नहीं मानते। तुम्हें शर्म आनी चाहिए, साथियो !"

नाश्ता करने के बाद मारूस्या ने कपड़े बदले और शहर चल दी। स्वेत्लाना और मैं वहीं उदास बैठे सोचते रहे।

वाह, अच्छी नाव की सैर रही !

सूरज खिड़कियों से झांक रहा था। गौरैयां यहां-वहां कंकरीले रास्तों पर फुदक रही थीं। चूज़े खपचियों की बाड़ में से आर-पार आ-जा रहे थे। फिर भी हम उदास थे!

"अजीब बात है," मैं बोला, "कल हमको छत से खदेड़ा गया। कुछ दिन पहले मिट्टी के तेल का खाली डिब्बा हमसे छीन लिया गया। और अब हमको एक पुराना नीला प्याला तोड़ने पर डांठ पिलायी जा रही है - प्याला जो हमने तोडा ही नहीं। यह भी कोई ज़िन्दगी है !"

"बिलकूल नहीं, स्वेत्लाना ने उत्तर दिया, "यह तो बहत बूरी ज़िन्दगी है।"

"स्वेत्लाना, जानती हो अब हम क्या करेंगे? तुम अपना गुलाबी फ्राक पहन लो। मैं अपना सफ़री थैला चूल्हे के पीछे से ले आता हुँ। तुम अपना सेब और मेरी तम्बाकू की पूडिया उसमें डाल लेना। एक दियासलाई

की डिबिया, एक चाक़ और एक डबल रोटी भी उसमें डालकर हम यह घर छोड़ देंगे। बस, घूमते-फिरते हम निकल चलेंगे, जहां भी हमारी टांगें हमें ले जायें।"

स्वेत्लाना क्षण भर सोचती रही। फिर बोली :

"और आपकी टांगें कहां तक ले जायेंगी आपको?"

"वे मुझे सीधे उस पीली चरागाह तक ले जायेंगी, जिसे तुम खिड़की से देख सकती हो, जहां हमारी मकान-मालकिन की गाय चर रही है। और मैं जानता हूं कि उस चरागाह से आगे एक तालाब है बत्तखों का, और उस तालाब के आगे एक पनचक्की है और उससे भी आगे है बर्च के पेड़ों का एक कुंज। और यह कुंज एक पहाड़ी पर है। लेकिन मुझे नहीं मालूम इस पहाड़ी के परे क्या है।"

"अच्छा," स्वेत्लाना राजी हो गयी, "हम रोटी और सेब और तम्बाकू ले चलेंगे। लेकिन आप, पिताजी, एक बड़ी-सी छड़ी भी साथ ले चलिये, क्योंकि मैंने सुना है कि उस रास्ते पर पोल्कान नाम का एक भयानक कुत्ता रहता है। और लड़कों ने मुझे बताया है कि उसने एक आदमी को इतनी बुरी तरह काटा कि वह मरते-मरते बचा।"

हमने सभी आवश्यक चीजें अपने सफ़री थैले में भर लीं। पांचों खिड़कियों को बन्द किया, दोनों दरवाज़ों पर ताले जड़े और चाभी नीचे खिसका दी।

"अलविदा, मारूस्या ! अब जो जी चाहे, समझो। लेकिन हमने तुम्हारा वह प्याला नहीं तोड़ा !"

* * *

फाटक के बाहर ही दूधवाली से हमारी भेंट हो गयी।

"दूध तो नहीं चाहिए तुम्हें ?" उसने पूछा।

"नहीं, दादी, हमें और किसी चीज़ की ज़रूरत नहीं।"

"लेकिन मेरा यह दूध बहत ही अच्छा है। ताज़ा है। मेरी अपनी गाय का है." दधवाली बरा मान गयी, "जब तुम लौटोगे तो पछताओगे।"

अपनी ठंडी बाल्टियों को खनकाती हुई वह आगे बढ़ गयी। उसको क्या मालूम था कि हम दूर जा रहे हैं, बहुत दूर और शायद अब कभी वापस न लौटेंगे।

और हां किसी को पता लगता भी कैसे ! धूप में संवलाया हुआ एक लड़का साइकिल पर पास से निकल गया। एक मोटा आदमी निकर पहने और मुंह में पाइप दबाये हुए धीरे-धीरे टहलता हआ पास से गुजरा । शायद वह जंगल की ओर जा रहा था कुकुरमुत्ते जमा करने। सड़क पर एक की जा रही थी, जिसके सुनहले बाल गीले थे, अभी-अभी तैरकर लौट रही थी, लेकिन हमें अपनी जान-पहचानवाला कोई आदमी नहीं मिला।

हम कुछ शाक-सब्ज़ी के बगीचों में से जाते हुए एक चरागाह पर पहुंच गये जो पीले-पीले फूलों से ढकी हुई बिलकुल पीली दिखाई दे रही थी। वहां हमने अपने जूते उतार दिये। चरागाह के बीच गर्म-गर्म रास्ते पर चलते हुए हम पनचक्की की ओर नंगे पांव जाने लगे।

सहसा, हमने किसी को अपनी ओर बहुत तेजी से भागकर आते हुए देखा। वह लगभग दोहरा हआ जा रहा था ; सरपत की झाड़ियों के पीछे से उस पर मिट्टी के ढेले बरस रहे थे।

हमें यह बड़ा अजीब लगा। इसका क्या मतलब हो सकता है ? स्वेत्लाना की नज़र बड़ी पैनी है। वह रुक गयी और बोली :

"मैं जानती हूं, यह कौन भागा आ रहा है। वह सान्का कार्याकिन है - वह एक छोटा-सा लड़का है, वही जो उस मकान के पास रहता है जिसमें टमाटर लगे हैं, जिस

बगीचे में किसी के सूअर घुस आये थे। कल वह किसी की बकरी पर सवार होकर हमारे मकान के सामने से गुज़रा था।

याद है?"

सान्का हमारे पास पहंचकर रुक गया और अपने हाथ के सती थैले से आंसू पोंछने लगा।

"सान्का, तुम इस तरह क्यों भागे जा रहे हो ? झाड़ियों से मिट्टी के ढेले तुम्हारे ऊपर क्यों बरसाये जा रहे हैं ?" हमने पूछा।

दूसरी ओर मुंह फेरकर सान्का बोला :

"दादी-मां ने मझे सामहिक फ़ार्म की दुकान पर से नमक लाने के लिए भेजा था। लेकिन वह जो पायनियर पाश्का बुकामाशकिन है, वहां पनचक्की के पास बैठा है और मुझे पीटना चाहता है।"

स्वेत्लाना ने उसकी ओर देखा। हद हो गयी!

क्या सोवियत भूमि में ऐसा कोई क़ानून है कि जब कोई आदमी भागकर सामूहिक फ़ार्म की दूकान से नमक लाने जा रहा हो और जब उसे सिर्फ अपने काम से काम हो, तो बिना वजह कोई उसको पीट दे?

"सान्का, चलो हमारे साथ," स्वेत्लाना बोली, "डरो नहीं। हम तुम्हारे ही रास्ते से जा रहे हैं और हम तुम्हारी मदद करेंगे।"

हम तीनों सरपत की घनी झाड़ियों के बीच चल पड़े।

"उधर, वह रहा पाश्का बुकामाशकिन," सान्का ने पीछे खिसकते हुए कहा।

हमारे सामने चक्की थी। पास ही गाड़ी खड़ी थी और उसके नीचे एक झबरा पिल्ला लेटा हुआ था जिसकी खाल में गोखरू चिमटे हुए थे। पिल्ले की एक आंख खुली

थी और वह गौरैयों को घूर रहा था जो रेत पर बिखरे गेहूं के दाने चुगने में लगी हुई थीं। और उधर रेत के ढेर पर पाश्का बुकामाशकिन बैठा था – क़मीज़ उतारे नंगधडंग बैठा खीरा खा रहा था।

हमको देखकर पाश्का घबराया नहीं। खीरे का एक टुकड़ा पिल्ले को फेंककर, सबकी निगाह बचाते हुए वह बोला:-

"हुश्श, शारिक, हुश्श ! यह आ रहा है नंबरी फ़ासिस्ट, ह्वाईट गार्ड सान्का ! ज़रा ठहर कमबख्त - फ़ासिस्ट ! हम तुझे अभी मज़ा चखाये देते हैं !"

और पाश्का ने ऐसे सधे हुए ढंग से थूका कि थूक दूर रेत पर जाकर गिरा। झबरा पिल्ला गुर्राया। गौरैयां डरकर शोर मचाती हुई पेड़ पर उड़ गयीं। लेकिन इन शब्दों को सुनकर स्वेत्लाना और मैं पाश्का के और नज़दीक आ गये।,

"रुको, पाश्का, "मैं बोला, "हो सकता है कि तुम्हें ग़लतफ़हमी हो। वह न फ़सिस्ट है ओर ह्वाईट गार्ड।

वह सान्का कार्याकिन है। वह उस मकान के पास रहता है, जिसके टमाटर के बग़ीच में एक दिन किसी के सुअर घुस आये थे।"

"नहीं, मैं कहता हूं वह ह्वाईट गार्ड है," पाश्का ने ज़िद पकड़ते हुए कहा। "यदी आपको मुझ पर विश्वास न हो तो मैं उसकी सारी कहानी सुना सकता हूं।"

स्वेत्लाना और मैं सान्का की पूरी कहानी सुनना चाहते थे। इसलिए हम पाश्का के सामने लकड़ी के कून्दों के ढेर पर बैठ गये। पिल्ला हमारे पैरों के पास ही घास पर बैठ गया। लेकिन सान्का न बैठा। वह गाड़ी के पीछे की तरफ़ जाकर गुस्से में चिल्लाया:

"अच्छा . अच्छा बता दो, मगर सारी कहानी सुनाना।

मेरे सिर पर कैसे चोट आयी थी, यह भी बताना। तुम समझते हो कि मुझे दर्द नहीं हुआ था ? तुम्हें लगे तो पता चले।"

"जर्मनी में एक नगर है, "पाश्का ने शान्त स्वर में कहा। "उस नगर से फासिस्टों से बचकर एक यहूदी मज़दूर भाग निकला। भागकर वह यहां आया। उसके साथ, बेर्था नाम की एक नन्ही लड़की भी आयी। अब वह मज़दूर इस चक्की में काम करता है, और बेर्था हमारे साथ खेलती है। अभी थोड़ी देर पहले वह गांव में दूध लेने गयी है। हुआ यह कि परसों हम लोग गुल्लीडंडा खेल रहे थे – बेर्था, सान्का जो वहां छुपा है, गांव का एक और लड़का और मैं। बेर्था ने जब गुल्ली को डंडा मारा तो वह सान्का की गुद्दी पर आ लगी..."

"नहीं, मेरे सिर के ठीक ऊपर लगी थी, ' सान्का ने गाड़ी के पीछे से चिल्लाकर कहा, "ओर ऐसि लखी थी।" कि दिन में ही मुझे तारे दिखायी देने लगे थे और वह बेर्था खी-खी-खी-खी हंस्ती रही थी।

"हां तो," पाश्का बोलता रहा, "गुल्ली सान्का के ठीक सिर पर लगी थी। यह उसको घंसा मारना चाहता था, लेकिन फिर इसका गुस्सा ठंडा हो गया। इसने एक पत्ता सिर पर चिपका लिया और फिर खेलने लगा। और उसके बाद इसने बेईमानी करना शुरू कर दिया। वह एक क़दम उठाने के बजाय दो क़दम आगे बढ़ आया और...".

"बिलकुल झूठ !" सान्का गाड़ी के पीछे से उछलकर चिल्लाया, "तुम्हारे कुत्ते ने गुल्ली को नाक से सरका दिया था और वह लुढ़ककर एक क़दम आगे बढ़ आया और......"

"लेकिन तुम हमसे खेल रहे थे, कुत्ते से नहीं। तुम गुल्ली को फिर उसी जगह पर रख सकते थे। हां, तो

इसने गुल्ली फेंकी और बेर्था ने उस पर डंडा इस ज़ोर से जमाया कि वह मैदान के दूसरे छोर पर बिच्छबूटियों की झाड़ियों में जा गिरी। इस पर हमें हंसी आ गयी, लेकिन सान्का गुस्से से पागल हो गया। बिच्छबूटियों में घुसकर गुल्ली खोजना उसे अच्छा न लगा.... वह बाड़ पर चढ़कर चिल्लाने लगा, 'तुम हो, तुम यहूदड़न हो। तुम अपने जर्मनी क्यों नहीं वापस चली जाती ?' बेर्था इतनी रूसी जानती है कि 'बुद्ध' का मतलब समझ ले। लेकिन यहूदड़न वह न समझ सकी।

इसलिए मेरे पास आकर उसने मुझसे 'यहूदडन' का मतलब पूछा। मुझे बताते हुए शर्म आ रही थी। मैंने सान्का से चुप हो जाने को कहा। लेकिन उसने और भी ज़ोर से चिल्लाना शुरू कर दिया। तब मैंने बाड़ फांदकर उसका पीछा किया। लेकिन वह झाडियो में छुप गया। जब मैं वापस आया, तो बेर्था का डंडा घास पर पड़ा हुआ था आर वह एक कोने में लकडी के कुन्दों के ढेर पर बैठी हुई थी। मैंने उसे पुकारा, लेकिन उसने काई जवाब न दिया। तब मैं उसके पास गया और देखा कि वह रो रही थी। वह खुद समझ गयी थी 'यहूदड़न' का क्या मतलब है। मैंने एक पत्थर उठाकर अपनी जेब में रख लिया। ज़रा ठहरो, कमबख़्त सान्का मज़ा चखाऊंगा तुम्हें, ' मैंने सोचा, 'यह जर्मनी नहीं है। हम खुद तुम्हारा सारा फ़ासिज्म निकाल देंगे!"

स्वेत्लाना और मैंने सान्का की ओर देखा। "नहीं भाई," हमने सोचा, "यह तो बड़ी गंदी बात है। इसको तो सूनते ही हमें मतली होने लगी। और हम थे कि तुम्हारी तरफ़दारी करने आये थे।"

मैं उससे यह कहने ही वाला था कि पनचक्की घनघनाकर मानो जीवित हो उठी। पानी पहिये को

घुमाने लगा, जो काफ़ी आराम कर चुका था। आटे में अटी एक सहमी हुई बिल्ली पनचक्की की खिड़की से निकली पर आधी नींद में वह ठीक से संभल न पायी और कुत्ते की पीठ पर आ गिरी। कुत्ता, जो ऊंघ रहा था, चीं-चीं करके हवा में उछल पड़ा। बिल्ली एक पेड़ पर जा चढ़ी और गौरैयां भागकर पनचक्की की छत पर जा बैठी। घोड़े ने सिर हिलाया और गाड़ी हचकोले खाने लगी। एक आदमी ने सायबान से सिर निकाला। उसके बाल बिखरे हुए थे और वह आटे में लिबड़ा हुआ था। सान्का को गाड़ी से भागते हुए उसने देखा और यह समझे बिना कि हुआ क्या था एक लम्बा चाबुक हिलाकर उसको धमकाने लगा :

"अबे ओ - खबरदार... फिर कभी ऐसा किया तो तेरी अच्छी मरम्मत कर दूंगा!"

स्वेत्लाना ने ठहाका मारा। फिर उसको बेचारे सान्का पर दया आ गयी जिसको हर कोई पीटना चाहता था।

"पिताजी," वह बोली, "हो सकता है कि आखिर वह ऐसा फ़ासिस्ट न हो? शायद वह सिर्फ मूर्ख हो? क्यों सान्का, तू मूर्ख है न !" उसने दया के भाव से सान्का की ओर देखा।

जवाब में सान्का ने गुस्से से नथुने फुलाये, सिर को झटका दिया और हांपते हुए कुछ कहने के लिए अपना मुंह खोला। लेकिन वह कह क्या सकता था जबकि सरासर वही दोषी था, बिलकूल दोषी? कहने-सुनने की कोई बात थी ही नहीं।

ठीक उसी समय पाश्का के पिल्ले ने बिल्ली पर भौंकना बन्द कर दिया। उसने अपना सिर मैदान की ओर घुमाया और कान खड़े कर लिये।

कुंज के उस पार बन्दूक चलने की आवाज़ आयी।

दूसरी गोली चली। फिर लगातार गोलियां चलने लगीं।

"जंग !" पाश्का चिल्लाया।

"हां, लड़ाई," मैंने हामी भरी, "यह बन्दूक चलाने की आवाज़ है। लो अब मशीनगन चलने की आवाज़ भी आने लगी – सुनाई देती है तुम्हें ? "

"लेकिन कौन किससे लड़ रहा है ?" स्वेत्लाना ने कांपती आवाज़ में पूछा, "क्या युद्ध छिड़ गया है ?"

* * *

पाश्का सबसे पहले उछलकर खड़ा हो गया और जंगल की ओर भागा - पिल्ला उसके पीछे भागा। स्वेत्लाना को गोद में उठाकर मैं भी उसके पीछे हो लिया।

हम आधा रास्ता भी न चले थे कि हमने पीछे से किसी को चिल्लाते सूना। पीछे मुडकर क्या देखा कि खेत के बीचोंबीच सान्का हमारी ओर भागा आ रहा है।

वह खाइयों और टीलों को फांदता हुआ आ रहा था और हमारा ध्यान अपनी ओर खींचने के लिए उसने अपने हाथ ऊपर उठा रखे थे।

"बिलकूल बकरे जैसा है वह," पाश्का बड़बड़ाया, "वह बुद्धू सिर के ऊपर अपने हाथों में क्या हिला रहा है ?"

"वह बुद्धू नहीं है। वह मेरे सैंडल ला रहा है,' स्वेत्लाना खुशी से चिल्लायी, "मैं तो उन्हें लकड़ी के कुन्दों पर भूल आयी थी। अब वह मुझे देने के लिए ला रहा है। पाश्का ! तुम उससे सुलह कर लो।"

पाश्का की भौंहें चढ़ गयीं, वह बोला कुछ नहीं। हम सान्का का इन्तजार करने लगे स्वेत्लाना के पीले सैंडल ले जाने के लिए। अब हम चार जने थे। इसके अलावा पिल्ला भी था। हम कुंज पार करने लगे।

जब हम कुंज के छोर पर आ गये, तो हमने एक मैदान देखा, जो टीलों और झाड़ियों से अटा पड़ा था। नाले के पास एक बकरा खूटे से बंधा घास टूंग रहा था। उसके गले में पड़ी हुई घंटी टनटना रही थी। एक अकेली चील दूर आकाश में मंडरा रही थी। बस इतना ही था उस मैदान में। और कुछ भी नहीं था। . "कहां हो रही जंग?" स्वेत्लाना ने अधीर होकर पूछा। "मैं अभी देखकर पता चलाता हूं," पाश्का एक पेड़ के ठंठ पर चढ़ते हुए बोला। वह वहीं देर तक धूप से चौंधियायी हुई आंखों पर अपने हाथ से साया किये देखता रहा। कौन जाने वह क्या देखता रहा, लेकिन इस इन्तज़ार से स्वेत्लाना जल्दी ही ऊब गयी। वह ऊंची-ऊंची घास में खुद घुस गयी, ताकि खुद जंग का पता लगा सके।

"घास काफ़ी ऊंची है और मैं हूं बहत ठिंगनी," स्वेत्लाना पंजों के बल खड़ी होकर शिकायत करने लगी, "मैं कुछ भी नहीं देख पाती।"

"ज़रा संभलकर चलो, कहीं तार पर पांव न पड़ जाये," ऊपर से एक भारी आवाज़ आयी।

पाश्का फ़ौरन ठंठ से कूद पड़ा। सान्का बड़े अटपटे ढंग से उछलकर एक तरफ़ खड़ा हो गया। स्वेत्लाना भागकर मेरे पास आ गयी और उसने ज़ोर से मेरा हाथ पकड लिया।

हम ज़रा पीछे सरक गये ; आंखें ऊपर की तरफ़ उठायीं तो देखा कि लाल सेना का एक सिपाही एक अकेले पेड़ की घनी शाखों में छुपा बैठा है।

उसके पास ही एक टहनी से बन्दूक लटक रही थी। एक हाथ में वह टेलीफ़ोन का चोंगा पकड़े हुए था और दूसरे में काली चमकीली दूरबीन लिये वह खाली मैदान के दूसरे छोर की तरफ़ गौर से देख रहा था।

इससे पहले कि हम मुंह से एक शब्द भी निकाल पाते कहीं दूर से तोपों की गड़गड़ाहट सुनाई दी मानो बादल गरजने लगे हों। हमारे पांवों के नीचे जमीन हिल-सी गयी। काली धूल धुएं का एक बादल मैदान के आखिरी छोर के ऊपर छा गया। बौखलाकर बकरा उछल पड़ा और रस्सी तुड़ाकर भागा। चील ने अपने पंख ज़ोर से फड़फड़ाये और दूर आसमान में जाकर उड़ने लगी।

"फ़ासिस्ट पिटे जा रहे हैं !' सान्का पर नज़र डालता हुआ पाश्का चिल्लाया, "देखो हमारी तोपें कैसे गोले बरसा रही हैं!"

"हां, फ़ासिस्ट पिटे जा रहे हैं," किसी ने भारी आवाज़ में दोहराया।

अब जाकर हमारी नज़र एक सफ़ेद बालोंवाले बूढ़े पर पड़ी जो झाड़ी के पीछे खड़ा था।

उसकी दाढ़ी लम्बी, बाल सफ़ेद, कन्धे चौड़े थे और उसके हाथ में एक भारी गांठदार डंडा था। उसके पांवों के पास एक बड़ा झबरा कुत्ता बैठा था जो दांत निकाले पाश्का रहा था। शारिक डर के मारे दुम दबाये बैठा था।

बूढे ने अपने सिर से सींकों की चौड़े पल्लोंवाली टोपी उठायी और ज़रा अदब से पहले स्वेतलाना की ओर झुका और फिर बाक़ी हम सब की ओर। फिर उसने अपना डंडा पास से एक टेढ़ा पाइप निकाला और तम्बाकू भरकर उसे सुलगाने लगा।

पाइप सूलगाने में उसे बड़ी देर लगी – वह कभी तम्बाकू को अपने अंगठे से सा उसको कील से ऐसे कुरेदता जैसे कुरेदनी से जलते अंगारों को कुरेद रहा हो।

आखिरकार उसको तसल्ली हुई और तब इतने ज़ोर से वह कश खींचने और धा पेड पर बैठे हुए लाल सेना के सिपाही को छींक आ गयी और वह खांसने लगा।

कहीं से फिर तोपे चलने की आवाज़ आयी और अचानक शान्त, सूनसान खेत मानो उठे। लाल सेना के सिपाही बन्दूकें लिये खाइयों और झाड़ियों में से, मेंडों और टीलों पर पडे।

वे दौडे, कदे, फांदे, गिरे और फिर खड़े हो गये। उनकी क़तारें बंध गयीं, एक दसरे से वे फैल गयीं। फिर चीखता-गरजता सारा दल तूफ़ान की तरह आगे बढ़ने लगा और उन्होंने र संगीने तानकर एक टीले की चोटी पर धावा बोल दिया जिसका एक भाग अभी तक धल और से घिरा था।

फिर सब कुछ शान्त हो गया। टीले की चोटी पर एक सिगनल देनेवाला आया और अपने अंडे हिलाने लगा – जहां हम खड़े थे वहां से वह सिपाही खिलौने सा दिखाई देता था। फिर जोर से बिगुल बज उठा और उसने 'वापस लौटने' की सूचना दी।

पेड़ पर बैठा हुआ सिपाही, जो दुश्मन पर नज़र रखे हुए था, अपने भारी-भरकम जूतों से कई टहनियां तोड़ता हुआ नीचे उतर आया। उसने स्वेत्लाना का सिर थपथपाया और उसके हाथ में बलूत के तीन चमकीले फल थमा दिये। अपनी चरखी पर टेलीफ़ोन का पतला तार लपेटता हुआ वह भाग निकला।

नक़ली युद्ध समाप्त हुआ।

"यह देखा तुमने ?" पाश्का ने सान्का की पसलियों में कुहनी से टहोका देते हुए पूछा, "अब जरा गल्ली लगने से सिर पर चोट आने की बात करो। यहां तो पल भर में तुम फ़ासिस्टों के सिरों का भी सफ़ाया हो सकता है।"

"मैं यह सब क्या सुन रहा हूं?" दाढ़ीवाले बूढ़े ने हमारे पास आते हुए पूछा, "मैं तो साठ वर्ष का हुआ, लेकिन ऐसा लगता है जैसे मेरा दिमाग़ काम ही नहीं

करता। एक भी बात मेरी समझ में न आयी। उधर... उस पहाड़ी की गोद में 'सूर्योदय' नाम का हमारा सामूहिक फ़ार्म है। ये आसपास फैले हुए खेत हमारे हैं। इनमें उगी हुई जौ, बाजरे और गेहूं की फ़सल भी हमारी है। वहां, नदी पर नयी पनचक्की भी हमारी है, और झरमट में बनी हुई शहद की मक्खियां पालन का छत्ता भी हमारा ही है। और मैं इन सब चीज़ों का बडा चौकीदार हूं। मैंने अपनी ज़िन्दगा म हर तरह के बदमाश देखे हैं। यहां तक कि मैंने घोडे चरानेवालों को भी पकड़ा है। लेकिन मर चौकीदारी में जितनी जमीन है उस पर सोवियत सत्ता की स्थापना के समय से आज तक किसी फ़ासिस्ट को मैंने नहीं देखा। बिलकल नहीं देखा !... अरे तो तीसमारखां सान्का, तू यहां ता आ, इधर आ, ज़रा तेरी सूरत तो देखू । हां, ज़रा अपने मंह पर से लार तो पोंछ! ज़रा अपना नाक तो साफ़ कर ! नहीं तो मुझे तेरे मंह की तरफ़ देखने से भी डर लगता है।

बूढे ने चुटकी लेते हुए यह बात बड़े इतमीनान से कही। फिर अपनी घनी और जिज्ञासा के साथ सान्का की तरफ़ घूरा जिसकी आंखें आशचर्य से गोल-गोल हो गयी थीं।

"यह सच नहीं है," अपमान महसूस करते हुए सान्का रोनी आवाज में न चिल्लाया, "मैं फ़ासिस्ट नहीं हूं। मैं तो सिर से पांव तक पूरा सोवियत हूँ और मुझसे नाराज़ नहीं है। कल उसने मेरा सेब आधे से ज्यादा खा लिया था। अब पाश्का सब लड़कों को मेरे खिलाफ भड़काता फिरता है। वह मुझे डांटता-फटकार खद इसने मेरी कमानी छीन ली थी। अगर मैं फ़ासिस्ट हूं तो मेरी कमानी भी लेकिन इसने अपने कुत्ते के लिए उससे झूला बना लिया था। मैंने उससे सलत र कहा, लेकिन यह बोला, 'पहले ज़रा तुम्हारी पिटाई हो जाये, तब दोस्ती

हो सकती है।"

"लडाई-झगडे के बिना ही सुलह कर लेनी चाहिए," स्वेत्लाना विश्वास के साथ कोरी छोटी उंगलियों को एक दूसरे में डालकर ज़मीन पर थूककर कहो : 'झगडे गये उस आयी इस तरफ़।' हां, तो चलो आओ, अब उंगलियां मिलाओ। और साथी चार भी अपने इस भयानक कुत्ते को रोक लो कि यह हमारे नन्हे शारिक को न डराये।"

"पोल्कान, हट जाओ,' चौकीदार ने हुक्म दिया, "बैठ जाओ! हमारे दोस्तों को करो।"

"अच्छा, तो यही है वह ! यही है भारी-भरकम पोल्कान झबरा और तेज नानी वाला !"

स्वेत्लाना कुछ क्षण बिलकुल चुपचाप खड़ी रही। फिर डरते-डरते क़दम बढ़ाकर वह कुत्ते के पास गयी।

"मैं भी तुम्हारी दोस्त ही हूं। और तुम्हें दोस्तों को तंग नहीं करना चाहिए !" वह उंगली हिलाते हुए कुत्ते से बोली।

पोल्कान ने स्वेत्लाना की ओर मुंह मोड़ा। उसने देखा कि स्वेत्लाना की आंखें बहुत साफ़ हैं और चमक रही हैं और उसके हाथों से घास और फूलों की महक आ रही है। वह मुस्करा दिया और अपनी दुम हिलाने लगा।

यह देखकर सान्का और पाश्का को ईर्ष्या हुई। वे भी कुत्ते के पास गये और बोले, "हम भी तुम्हारे दोस्त हैं। और तुम्हें दोस्तों को तंग नहीं करना चाहिए !"

पोल्कान को शक-सा हुआ, वह उनको सूंघने लगा। शायद इन शरारती लड़कों से गाजरों की बू आ रही थी जो सामूहिक खेत की सब्जी की क्यारियों में पैदा होती हैं। लेकिन ठीक उसी समय जैसे जान-बूझकर एक नन्हा-सा घोड़े का बच्चा उछलता-कूदता और धूल उड़ाता हुआ सामने से भाग निकला। लड़कों के बारे में

कोई राय बनाने से पहले ही पोल्कान को छींक आ गयी। उसने उनको तंग तो नहीं किया, लेकिन दुम भी नहीं हिलायी। न ही उनको उसने थपथपाने दिया।

"अब हमें चल देना चाहिए," मैं चौंककर बोला, "दिन बहत चढ़ आया है और जल्दी ही दोपहर होने को है। उफ़, गर्मी भी कितनी तेज़ है !" बहुत दूर जा रहे हैं।"

"अच्छा, सबको सलाम," स्वेत्लाना ने सुरीली आवाज़ में सब से कहा, "हम फिर से दूर,बहुत दूर जा रहे हैं।"

"सलाम," लडके एक स्वर में बोले। अब वे फिर दोस्त बन गये थे। "उस दूर, बहुत दूर जगह से लौटकर एक बार फिर हमसे मिलने आना।"

"सलाम," चौकीदार मुस्कराते हुए बोला, "मैं यह तो नहीं जानता कि तुम लोग कहाँ जाता और किसलिए जा रहे हो, लेकिन मैं इतना जानता हूं कि मेरे लिये सबसे बुरी दूर बहुत गांव का वह पूराना क़ब्रिस्तान है जो नदी के पास बाईं तरफ़ पड़ता है। और सबसे अच्छी सदर जगह है झील के परे का सनोबर के पेड़ों का जंगल। वहां पहुंचने के लिए तुम दाहिने ना। आगे चरागाह और खड्डों में स्थित पत्थर की खानों को लांघना, फिर झुरमुट के नोकर दलदल के गिर्द जाना। सनोबर के उस जंगल में कुकुरमुत्ते हैं, फूल हैं और रसभरियां और वहां नदी के किनारे एक मकान भी है। उसमें मेरी बेटी वालेन्तीना और उसका बेटा सोर रहते हैं। अगर तुम उस तरफ़ जाओ तो उनसे मेरा प्यार कहना।"

तब उस अजीब बढे ने अपनी टोपी उठाकर सलाम किया और अपने कुत्ते को बलाने के लिए सीटी ही उसने पाइप से एक जोर का कश खींचा और अपने पीछे धुएं की एक मोटी-सी लकीर सोडता हआ वह मटर के पीले खेत की ओर चल दिया।

स्वेतलाना ने मेरी ओर देखा और मैंने उसकी ओर। हमें उस मनहस पूराने क़ब्रिस्तान से क्या काम! पास एक दूसरे के हाथ में हाथ डालकर हम दाहिनी ओर मुडे और बहत दूर के सबसे बढ़िया स्थान की तरफ़ चल पड़े।

हमने चरागाह पार की और खड्डों में उतर पड़े।

वहां क्या देखते हैं कि लोग बर्फ़ जैसे सफ़ेद पत्थर गहरे काले गड्ढों में से खोद खोदकर निकाल रहे हैं। पहिये घूम रहे थे और छोटी-छोटी गाड़ियां चर्र-मर्र कर रही थीं। इन नन्ही गाड़ियों को एक दूसरे के बाद भरा जा रहा था और पत्थरों के ढेर के ढेर लगाये जा रहे थे।

ऐसा लगता है कि ज़मीन के नीचे हर तरह के पत्थरों के ढेर के ढेर छुपे हुए हैं।

स्वेत्लाना भी ज़मीन के नीचे झांकना चाहती थी। बहत देर तक वह पेट के बल लेटी रही और एक काले गड्ढे में झांकती रही। अन्त में जब मैंने टांगें पकडकर उसको खींचा तो वह मुझसे बोली कि पहले तो उसको अंधेरे के सिवा वहां कुछ भी दिखाई न दिया। बाद में उसने एक काला समुद्र देखा जिसमें कोई चीज़ चल-फिर रही थी शोर करती हुई। शायद वह दो दुमवाला शार्क था जिसकी एक दुम आगे और दूसरी पीछे की तरफ़ थी। उसको एक बहुत बड़ा अजगर भी दिखाई दिया, तीन सौ पचीस टांगोंवाला और बस एक सुनहरी आंख। और यह भयानक अजगर वहां बैठा गरज रहा था।

मैंने स्वेत्लाना पर एक शरारत-भरी नज़र डाली और पूछा कि उसने दो चिमनियोंवाली नाव, पेड़ पर चढ़ा हुआ एक भूरे रंग का बन्दर और तैरते हुए बर्फ के एक तूदे पर ध्रुव प्रदेश का भालू भी तो देखा होगा।

स्वेत्लाना ने सोचा पल भर के लिए। हां, क्यों नहीं; उसने ये सब चीजें भी देखी थीं। मैंने उसके सामने अपनी

उंगली हिलायी – "कहीं यह बात उसने अपने मन से तो नहीं गढ़ी थी?"

जवाब में वह ठहाका मारकर हंस पड़ी और अपनी नन्ही-नन्ही टांगों से जितनी तेज़ भाग सकती थी, भाग गयी।

हम चलते ही चले गये। बस, कभी-कभी सुस्ताने और फूल चुनने के लिए जरा ठहर जाते। जब फूलों के गुच्छे हाथ में लिये-लिये हम थक जाते तो उनको जमीन पर रखकर आगे बढ़ जाते।

मैंने एक गुलदस्ता छकडे में बैठी हुई एक बुढ़िया की गोद में फेंक दिया। पहले तो बुढ़िया डर गयी और उसने हमें घंसा दिखाया। लेकिन जब उसने देखा कि गुलदस्ता है तो वह मस्कराने लगी और उसने हमारी तरफ़ तीन बड़े-बड़े खीरे फेक दिये।

हमने खीरे उठा लिये। उनको साफ़ किया और अपने थैले में भर लिया। हम खुशी पर राह चलने लगे।

थोड़ी ही देर में हम एक गांव में पहुंचे। यहां वे लोग रहते थे जो जमीन में हल चलाने का अनाज, आलू, गोभी, चुकंदर आदि बोते हैं और फल और सब्ज़ी के बागों में काम करते हैं।

गांव के बाद हम क़ब्रों के हरे-हरे टीलों के पास से गुज़रे जिनमें ऐसे लोग लेटे लिए विश्राम कर रहे थे, जिन्होंने फ़सल बोना और काम करना खत्म कर दिया था

हमने एक पेड़ भी देखा जिसे बिजली ने जला डाला था।

इसके बाद हमने घोड़ों का एक झुंड देखा। हर घोड़ा इतना अच्छा था कि खुद बना सवारी के काम आये।

तभी आकाश काला पड़ गया और हमें चिन्ता हुई।

बादल चारों तरफ़ से घिर-घिर पर थे। उन्होंने सूरज को घेर लिया और पकड़कर छुपा लिया। लेकिन सूरज भी बडा जिदी भी इस दरार से और कभी उस दरार से झांकता रहता। अन्त में लड़-भिड़कर इसने अपने लि साफ़ किया और हमारी लंबी-चौड़ी धरती पर पहले से भी ज्यादा गरमी और रोशनी फैल गयी।

हमारा लकड़ी का छतवाला धूसर मकान बहुत पीछे रह गया था।

मारूस्या कब की लौट आयी होगी। उसने हमको ढूंढ़ा होगा - लेकिन हम वहां थे कहां? वह बैठी होगी हमारे इन्तज़ार में – बेचारी मारूस्या !

"पिताजी," आखिर थककर स्वेत्लाना बोली, "अब हमें कहीं बैठ जाना चाहिए और कर खाना-पीना चाहिए।"

हमने चारों तरफ़ नज़र डाली और हमें जंगल के बीच एक बहत सून्दर खली जगह नजर आयी जैसी सुन्दर खुली जगह कम लोगों को नसीब होती है।

जंगली अखरोट की हरी-भरी डालियां सरसराती हुई हमें अपनी ओर बुला रही थीं। चांदी जैसे सफ़ेद फ़र का पेड़ आकाश की ओर अपना ताज उठाये खड़ा था। और नीले, लाल, आसमानी और बैंगनी रंगों के हजारों फूल, जो मई-दिवस के झंडों से भी ज्यादा रंगबिरंगे थे, फ़र के पेड के इर्द-गिर्द चुपचाप खड़े थे।

चिड़ियों तक ने अपना गाना रोक दिया था उस सुन्दर जगह में। इतनी खामोशी थी वहां !

लेकिन एक बदतमीज़ कौआ न जाने कहां से उड़कर आ गया और एक टहनी पर जमकर बैठ गया ; उसने चारों तरफ़ नज़र डाली और यह समझकर कि वह ग़लत जगह आ बैठा है आश्चर्य के मारे कांव-कांव करता हआ अपने गन्दे सड़े कूड़े के ढेर की तरफ़ उड़ गया।

"स्वेत्लाना, तुम बैठ जाओ और थैले की रखवाली करो। मैं सुराही में पानी भर लाता हूँ। घबराना मत। यहां एक ही जानवर रहता है – लम्बे कानोंवाला खरगोश।"

"एक क्या, मैं हज़ार खरगोशों से भी डरनेवाली नहीं !' स्वेत्लाना ने बहादूरी से जवाब दिया, "लेकिन फिर भी, पिताजी, जल्दी से जल्दी आ जाइयेगा।"

झरना कुछ ही दूर था। और जब मैं पानी भरकर लौटने लगा तो मुझे स्वेत्लाना की चिन्ता होने लगी।

लेकिन स्वेत्लाना डरी नहीं थी। और वह रो भी नहीं रही थी। बल्कि वह गा रहीं थी।

में एक झाड़ी के पीछे छुप गया और अपनी मटल्ली, सुनहले बालोंवाली नन्ही स्वेत्लाना का देखता रहा। अपने कंधों तक ऊंचे फलों के ढेर के सामने वह खडी थी और यह गात न जो उसने अभी-अभी खुद बनाया था :

आहा... हा !...
हमने नीला प्याला नहीं तोड़ा,
नहीं तोड़ा!
चौकीदार लगा रहा है
अपने खेतों का चक्कर,
लेकिन हमने नहीं चुराये गाजर।
न मैंने लिये, न वह ले गया।
हां, सान्का दो एक चुरा ले गया।
आहा... हा !...
खेतों में लाल सेना चली जा रही है,
पड़ोसी शहर से वह आ रही है।

सबसे लाल है लाल सेना,
ढम-ढम, ढम-ढम ! टाराटिट... टाराटे !
ये आये बैंड बजानेवाले लड़के,
ये आये हवाई जहाज़ चलानेवाले !
बैंड बजानेवाले लड़के
हवाई जहाज़ों में बैठे
आसमान में उड़ते,
और मैं, बैंड बजानेवाली लड़की,
बैठी हूं यहां ज़मीन पर नीचे।

ऊंचे-ऊंचे फूल और पौधे चुपचाप गंभीर बने हुए उसका गीत सुन रहे थे। और जब उसने गीत समाप्त किया तो उन्होंने अपने सुन्दर सिर हिला दिये।

"यहां आओ, छोटी बैंड बजानेवाली," मैंने झाड़ी हटाते हुए पुकारा। "मेरे पास है ठंडा पानी, लाल सेब, सफ़ेद डबल रोटी और पीली खताइयां हैं। इस गीत के लिए तो जो इनाम दिया जाये, कम है।"

स्वेत्लाना कुछ शरमा गयी। उसने अपना सिर हिलाया जैसे मुझ पर नाराज़ हो। उसने अपनी आंखों को सिकोड़ा। ठीक मारूस्या सी लग रही थी वह। बोली:

"आप बैठे थे, छिपकर सुन रहे थे ! शर्म नहीं आती, प्यारे साथी ?" इसके बाद स्वेत्लाना बिलकूल खामोश होकर किसी ख्याल में खो गयी। खाना खाते-खाते, एक भूरी गौरैया पेड़ की टहनी पर आकर चहचहाने लगी।

वह एक निडर गौरैया थी। हमारे सामनेवाली टहनी पर वह फदकती और चहचहाती रही। उड़ जाने का नाम तक न लेती थी। में इस गौरैया को जानती हूं," स्वेत्लाना पूरे विश्वास से बोली, "मैंने इसको तब देखा था

जब ममी ओर में बगीचे में झूला झूल रहे थे। बहुत ऊंचा झुला रही थीं ममी मुझे ! टी-वी-टी-टुटटुटे... यह हमारे पीछे-पीछे इतनी दर क्यों चली आयी?"

नहीं, ऐसी बात नहीं है !" मैंने दृढ़ता से जवाब दिया, "यह बिलकूल दूसरी गौरैया है। तुम ग़लत कह रही हो, स्वेत्लाना। उस गौरैया की पूंछ के पर झूड़ गये थे। हमारी मकान-मालकिन मी बिल्ली ने नोच लिया था उनको। और वह गौरैया तो इससे मोटी थी। वह गाती भी बिलकुल दूसरे ही सुर में थी।"

नही यह वही है !" स्वेत्लाना ने जिद पकड़ते हुए कहा, "मैं इसको जानती हैं। हमारे पीछे-पीछे यह यहां तक चली आयी है।"

"ओह, हां!" मैंने धीमे उदास स्वर में गाकर कहा, "हमने नीला प्याला नहीं तोड़ा। और हमने फैसला किया है दूर... बहुत दूर... जाने का - हमेशा के लिए।"

भूरी गौरैया गुस्से से चीं-चीं करने लगी। लाखों फूलों में से एक ने भी न तो अपना सिर हिलाया। स्वेत्लाना को गुस्सा आ गया।

"आपकी आवाज ही बिलकुल रूखी है," वह कर्कश स्वर में बोली, "लोग इस तरह नहीं गाते। इस तरह तो भालू गाया करते हैं।"

हमने चुपचाप अपना थैला बन्द कर लिया और उस झुरमुट से चल पड़े। आहा ! खुशक़िस्मती से मैंने पहाडी की गोद में चमकती हुई एक नदी देखी ठंडे नीले पानीवाली।

मैंने स्वेत्लाना को अपनी बांहों में ऊंचा उठा लिया। जब उसकी नज़र रेतीले किनारे और छोटेछोटे हरियाले टापुओं पर पड़ी तो वह सब कुछ भूल तो गयी। ताली बजाती हुई वह चिल्लायी :

"चलिये नहायें! आहा नहायें, आओ, नहायें !"

***

एक सीले चरागाह के ठीक बीच से होकर हम चल दिये, ताकि जल्दी पहुंच सकें।

जल्दी ही हम घनी दलदली झाड़ियों के बीच पहुंच गये। वापस कौन मुड़ता अब। इसलिए हमने ते किया कि दलदल के बीच से ही किसी तरह निकल चलेंगे। लेकिन ज्यों-ज्यों हम आते बढ़ते जाते थे, दलदल और भी गाढ़ी और घनी होती जा रही थी।

हमने चक्कर लगाये, कभी हम इधर मुड़े तो कभी उधर मुड़ चले, कभी चरमराते तख्तों के ऊपर से गुज़रे और कभी एक टीले से दूसरे टीले पर कूदते फिरे। जल्दी ही हम भीग गये और कीचड़ से सन गये। लेकिन दलदल से बाहर आने का रास्ता न मिला।

पास ही कहीं, झाड़ियों के परे गायों का एक रेवड़ रंभा रहा था। गड़रिया अपना चाबुक फटकार रहा था और उसका कुत्ता गुस्से से भौंक रहा था। उसने ज़रूर भांप लिया था कि हम वहां पर हैं। लेकिन जहां तक हमारी नज़र जा पा रही थी, दलदल के लाल मटीले पानी, सड़ी-गली झाड़ियों और नरकल के सिवा कुछ भी दिखाई न देता था।

स्वेत्लाना के चित्ती-भरे चेहरे पर चिन्ता की बदलियां घिर आयीं। वह खामोश निंदा-भरी नज़रों से बार-बार मेरी ओर मुडकर देखने लगी। "पिताजी, क्या हो गया है ?" मानो वह मुझसे पूछ — रही हो, "आप तो इतने बड़े और ताक़तवर हैं और फिर भी हमारी यह हालत हो रही है !"

"तुम यहां ठहरो और बिलकुल हिलना मत !" मैंने

उसको जमीन के एक सूखे टुकड़े पर खड़ा करते हुए कहा।

मैं एक झुरमुट में घुस गया। लेकिन यहां भी हरी हरी कीचड़ और बेशुमार दलदल के बड़ेबड़े फूलों के सिवा कुछ न मिला। - मैं वापस लौट आया। देखा, स्वेत्लाना वहां नहीं थी जहां मैंने उसको छोड़ा था। वह रास्ता टटोल टटोलकर मेरी ही ओर आ रही थी। वह झाड़ियों का सहारा गिर न पड़े।

"वहीं ठहरो, जहां मैं तुम्हें खड़ा कर आया था !" मैं चिल्लाया। स्वेत्लाना रुक गयी। उसकी आंखें तेजी से मिचमिचायीं और उसके होंट कांपने लगे।" आप इतने जोर से क्यों चिल्ला रहे हैं ?" वह धीमी कांपती आवाज ।। मेंढक हैं और मेरे पांव नंगे हैं। मुझे डर लग रहा है।"

नन्ही स्वेत्लाना की हालत देखकर मेरा दिल रो रहा था, क्योंकि उसे मेरे लीफ़ उठानी पड़ रही थी।

"यह लो, पकड़ो इस छड़ी को !" मैं बोला, "बदमाश मेंढ़कों को इससे पीट दो। र जगह से हिलना मत ! हम जल्दी ही इस दलदल से बाहर निकल जायेंगे।"

मैं झमट में वापस चला गया – मुझे अपने आप पर बेहद गुस्सा आ रहा था। यह र दगी है ? इस छोटे-से दलदल का द्रेपर नदी के किनारे उगे हुए बेशुमार सरकंडों और आख्तिरका के नरकलों से ढकी हुई उदास दलदलों से क्या मुक़ाबला - जहां हमने व्रांगेल की ह्वाईट गार्ड फौजों का कचूमर निकाला था ? _ मैं एक टीले से दूसरे टीले पर और एक झाड़ी से दूसरी तक कूद-कूदकर आगे बढ़ने लगा। एक क़दम और बढ़ाया ही था कि मैं कमर तक पानी में डूब गया। दूसरा क़दम जो उठाया तो एक खुश्क ऐस्प का पेड़ कीचड़ में गिर पड़ा। इसके बाद ही एक काई लगा हुआ लट्ठा भी वहां आ गिरा।

पेड़ का सड़ा हुआ ठूठ भी वहीं गिर पड़ा। कम से कम खड़े होने के लिए कोई चीज़ तो थी। इसके बाद एक और गढा आया जिसमें पानी भरा था। और आखिरकार सूखी ज़मीन आ गयी।

मैंने नरकलों को ज़रा हटाकर जो देखा तो सामने एक बकरा खड़ा मिला। बेचारा मेरे अचानक सामने आ जाने से डर के मारे उछल पड़ा।

"हैलो !.. स्वेत्लाना !" मैं ज़ोर से चिल्लाया, "तुम वहीं खड़ी हो न ?"

"हैलो !.." एक महीन और रुआंसी आवाज़ आयी, "मैं वहीं... खड़ी... हं !"

***

आखिर हम नदी के किनारे पहुंच ही गये। अपने शरीर पर लगे हुए कीचड़ को हमने धो डाला और कपड़ों को पानी में साफ़ कर लिया। उधर वे गरम रेत पर सूखते रहे और हम नदी में नहाते रहे।

हम इस रहे थे और चमकीले पानी को उछाल-उछालकर फ़व्वारे बना रहे थे ; बेचारी मछलियां डर के मारे लपककर अपने गहरे ठिकानों में जा छिपी।

मैंने पानी के अन्दर हाथ डालकर मूंछोंवाले एक काले केकड़े को पानी में बने हुए उसके घर से पकड़कर बाहर निकाला तो वह सहमकर अपनी गोल-गोल आंखें घुमाने लगा और छटपटाने लगा। शायद उसने पहले कभी इतनी तेज़ धूप नहीं देखी थी और न ही शायद उसने स्वेत्लाना जैसे सुनहले बालोंवाली नन्ही लड़की कभी देखी थी।

केकडा शायद घात लगाये था, इसलिए ज्यों ही मौक़ा लगा, उसने स्वेत्लाना की उंगली कसकर अपने पंजों में

पकड़ ली।

स्वेत्लाना के मुह् से एक जोर की चीख निकल गयी और उसने केकड़े को कलहंसों के एक झूट में ज़ोर से फेंक दिया।कलहंस के मोटे-मोटे नादान बच्चे शोर मचाते हुए बिखर गये।

तब एक बूढा भूरे रंग का कलहंस केकड़े के पास क़दम बढाता हुआ आया -उसने तो केकड़े से भी अधिक डरावनी चीजें देखी होगी। उसने अपना सिर जरा तिरछा किया,केकड़े को एक आंख से निहारा और फिर - 'धड़'- केकड़े पर चोंच मारी।

जी भर तैर लेने के बाद हम धूप खाते रहे और फिर कपड़े पहनकर अपने रास्ते हो लिये में फिर हमारी भेंट और चीज़ों से हुई - लोगों से, घोडों से गाल यहां तक कि एक ब्रे रंग की साही से भी। उसको हमने उठा लिया और अपना लेकिन उसने हमारी उंगलियों को कोंचना शुरू कर दिया। इसलिए हमने एक में उसको फेक दिया।

लेकिन साही सू सू करने लगी और तैरकर दूसरे किनारे पर जा पहुंची। उसने जरूर सोचा होगा, "यह भी क्या तुक है! अब मैं अपने बिल तक कैसे पहुंचूंगी?"

आखिरकार हम झील के किनारे पहुंचे। यहां 'सूर्योदय' नाम के सामूहिक फ़ार्म का आखिरी खेत खत्म होता था, दसरे किनारे 'लाल सुबह' नाम के सामूहिक फ़ार्म के खेत शुरू होते थे।

जंगल के छोर पर लकड़ी के कुन्दों का बना हुआ एक मकान था। हमने एकदम समझ लिया कि यही चौकीदार दादा की बेटी वालेन्तीना और उसके बेटा फ्योदोर का घर होगा।

हम मकान की बाड़ तक गये जहां सूरजमुखी के लम्बे-लम्बे फूल मकान के इर्द-गिर्द सन्तरियों की तरह खड़े

मानो पहरा दे रहे थे।

वालेन्तीना खुद बाग़ की तरफ़ मुंह किये बरसाती में खड़ी थी। वह लम्बी थी और उसके कन्धे चौडे थे, ठीक अपने चौकीदार बाप की तरह। उसके नीले ब्लाउज़ का कालर खुला था। उसके एक हाथ में झाड़ और दूसरे हाथ में धूल साफ़ करने का गीला झाड़न था। रख दिया है ?"

"ओ फ्योदोर, शैतान कहीं के !" वह कड़े स्वर में चिल्लायी, "तुमने वह भूरा बरतन कहां रख दिया है।

"वहां उधर,' रसभरी की एक झाड़ी के नीचे से बड़ी गंभीर आवाज़ में जवाब मिला। और फ्योदोर, जिसके बाल भुट्टे के बालों जैसे थे एक पानी के गढ़े की तरफ़ इशारा कर रहा था जिसमें छोटी-छोटी खपचियों और घास से भरा हुआ बरतन तैर रहा था।

"और छलनी कहां छुपा रखी है, बेशरम ?"

"वह देखो, वहां," फ्योदोर की भारी गंभीर आवाज़ आयी। और उसने छलनी की तरफ़ इशारा किया। उस पर एक पत्थर रखा था और कोई चीज़ उसके अन्दर हिल-डुल रही थी।

"चोर कहीं के, अब घर में घसोगे तो इसी गीले झाडन से तम्हारी पीठ साफ़ करूंगी, वालेन्तीना धमकाते हुए बोली। तभी उसकी नज़र हम पर पडी और उसने अपना स्कट ठीक कर "नमस्कार," मैं बोला, "आपके पिताजी ने आपको प्यार कहलाया है।" "धन्यवाद," वह बोली, "अन्दर आइये। बाग़ में थोडी देर आराम कीजिय। फाटक से हम अन्दर गये और पके हए सेबों के एक पेड़ के नीचे लेट गये।

मुटकना फ्योदोर सिर्फ़ क़मीज़ पहने हए था। उसकी गीली और कीचड से सना हुई पतलून घास पर फैली थी।

..मैं रसभरियां खा रहा हूं," वह गंभीर आवाज़ में हमसे बोला। "रसभरी की दो झाड़ियां मैंने साफ़ कर दी हैं। अब तीसरी भी खा डालंगा।" पोचलो. पहलवान, मैं बोला, "जरा ध्यान रखना, पेट न फट जाये।"

जाते जाते रुक फ्योदोर गया, हाथ से अपना पेट ठोंक-बजाकर देखा, क्रोध-भरी नज़र से मुझे घुरा और तेजी से अपनी पतलून उठाकर, मटकता हुआ वह घर की तरफ़ चला गया।

* * *

बहुत देर तक हम खामोश लेटे रहे। मैंने सोचा, शायद स्वेत्लाना सो गयी है। लेकिन उसकी तरफ मुंह फेरा तो देखा कि वह सोयी नहीं है। सांस रोके वह एक चांदी-सी सफ़ेद तितली को देख रही थी जो उसके गुलाबी फ्राक की आस्तीन पर चढ़ी चली आ रही थी।

अचानक आकाश एक ज़ोरदार गड़गड़ाहट से कांप उठा और एक चमकता हुआ हवाई जहाज़ तूफ़ान की तरह सेब के पेड़ों की फुनगियों के ऊपर से उड़कर निकल गया।

स्वेत्लाना चौंक गयी, तितली उड़ गयी, एक पीला मुर्गा बाड़ पर से कूदकर ज़मीन पर आ गया और घबराया हआ एक कौआ कांव-कांव करता हआ आसमान में उड़ गया। इसके बाद फिर सब कुछ शांत हो गया।

"यह वही विमान-चालक है जो कल हमारे घर आया था,' स्वेत्लाना ने नाराजगी जताते हुए कहा।

"वही कैसे?" मैंने सिर उठाकर पूछा, "हो सकता है कि वह कोई दूसरा ही हवाई जहाज़ चलानेवाला हो..."

"नहीं यह वही है। मैंने खुद उसे मां से यह कहते सुना था कि अगले दिन वह हमेशा के लिए दूर... बहत दूर उड़कर चला जायेगा। मैं उस समय एक लाल टमाटर

खा रही थी। मां ने उससे कहा था, ‘अलविदा ! खुदा तुम्हारा भला करे !’” इसके बाद स्वेत्लाना मेरे पेट पर सवार हुई और बोली, “पिताजी, मुझे मां के बारे में कुछ बताइये। जब मैं इस दुनिया में नहीं आयी थी तो क्या होता था ?”

“होता क्या, वही होता था जो अब होता है, जैसा आज है। पहले दिन आता था और उसके बाद रात। फिर दिन निकल आता था, फिर रात होती...”

“और एक हजार दिन और !” स्वेत्लाना ने अधीर होकर टोका, “लेकिन मुझे बताइये कि उन दिनों क्या-क्या बातें होती थीं? आप खूब जानते हैं क्या हुआ, लेकिन, लेकिन बहाना यह करते हैं जैसे कुछ जानते ही नहीं।’

“अच्छा, बताता हूं इसके बारे में। लेकिन पहले मेरे पेट पर से तो उतर जाओ, नहीं तो बोलना मुश्किल हो जायेगा। हां, अब सूनो। यह उन दिनों की बात है जब हमारी मारूस्या सत्रह साल की थी। ह्वाईट गार्ड फ़ौजों ने उसके क़स्बे पर क़ब्जा कर लिया और उसके पिता को जेल में डाल दिया। उसकी मां तो कई वर्ष पहले ही मर गयी थी। इसलिए हमारी मारूस्या बिलकुल अकेली रह गयी थी...”

हाय ! मुझे मां पर तरस आ रहा है !” स्वेत्लाना मेरे और भी नज़दीक खिसकते हुए बोली, “हां, उसके बाद क्या हुआ ?” मारूस्या ने जल्दी से अपनी शाल कन्धे पर डाली और बाहर सड़क पर भाग निकली। वहां उसने देखा कि व्हाईट गार्ड के सिपाही मज़दूरों और मज़दूर-औरतों को जेल ले जा रहे हैं। सीधीसी बात है कि बुर्जुआ लोग अपने क़स्बे में ह्वाईट गार्ड देखकर बड़े खुश थे। उन्के घर रोशनियों से जगमगा रहे थे। और गाना-

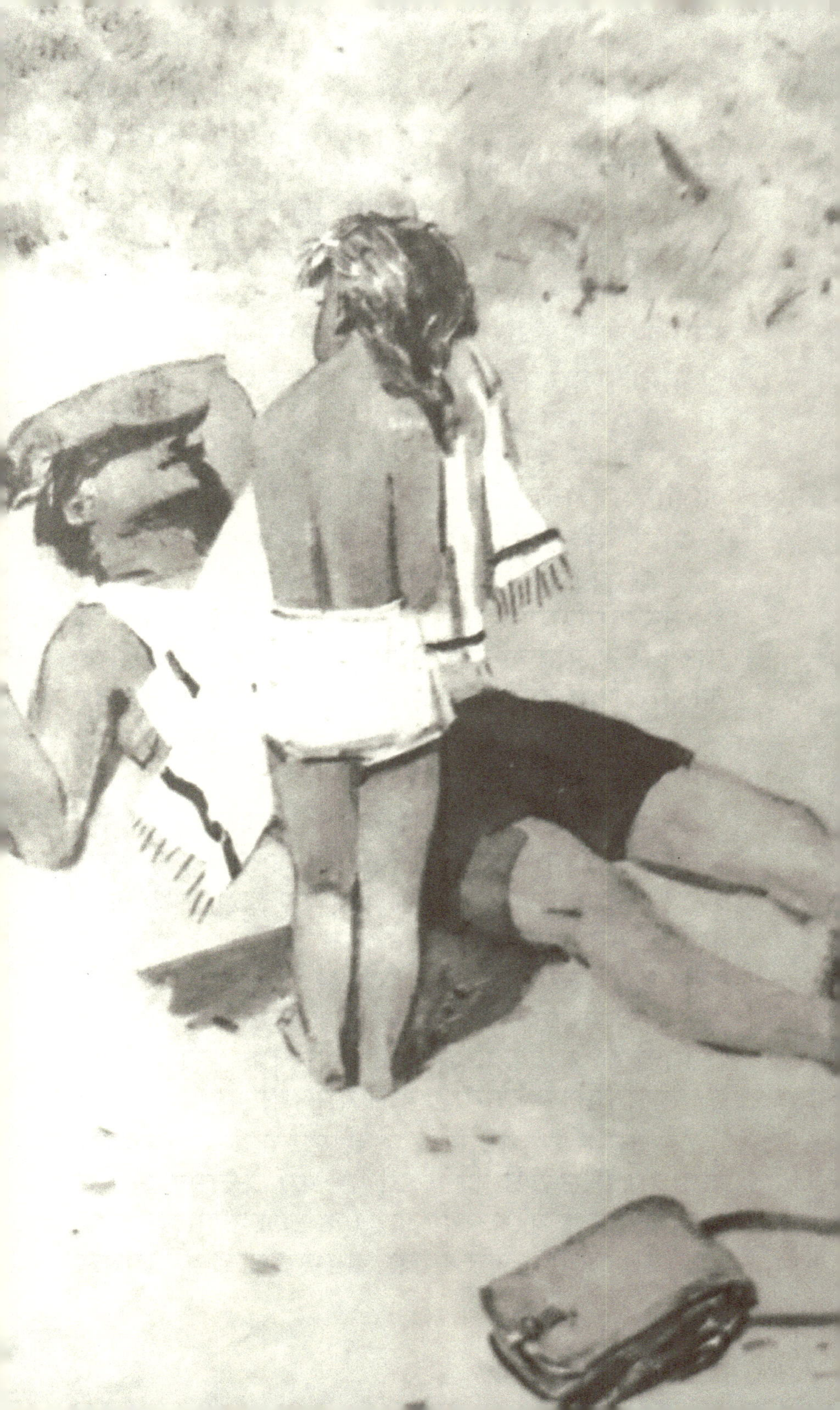

बजाना भी हो रहा था वहां। बेचारी मारूस्या किसके पास जाती अपनी दुख-भरी कहानी सुनाने..."

"हाय... हाय... मुझे बहुत ही दुख हो रहा है अपनी मारूस्या के लिए "स्वेत्लाना बात काटते हुए बोली। अब उससे न रहा गया। उसने कहा, "पिताजी, क़स्बे में लाल सेना के आने के बारे में जल्दी से बताना शुरू कीजिये।"

"हमारी मारूस्या क़स्बा छोड़कर आ गयी। आसमान पर चांद चमक रहा था ओर ठ़ंडी हवा चल रही थी। जल्दी ही वह दूर-दूर तक फैले हुए सफाचट मैदानों में आ पहुंची, "क्या वहां भेडिये भी थे ?"

"नहीं भेडिये नहीं थे। सारे भेड़िये बन्दूकों के चलने और गोलियों की आवाज़ें सुनकर दूर जंगलों में भाग गये थे। तब मारूस्या ने सोचा : 'इस लम्बे-चौड़े मैदान को पार कर के में बेल्गोरोद नगर में जाऊंगी। वोरोशीलोव की लाल सेना वहीं ठहरी है। सूना है कि वह बड़ा बहादूर आदमी है। अगर मैं उसे अपनी कहानी सुनाऊंगी तो शायद वह मेरी सहायता करे।

"लेकिन भोली मारूस्या यह नहीं जानती थी कि लाल सेना बिना कहे ही मदद करने आती है। यह सेना हर उस जगह बचाव के लिए खुद पहुंच जाती थी जहां ह्वाईट सेना मार-काट करने जाती थी। जहां मारूस्या खड़ी थी, उससे थोड़ी ही दूरी पर लाल गार्ड के दस्ते फैले-खूले मैदान को पार करते चले आ रहे थे। हर सिपाही की बन्दुक़ में पांच-पांच गोलियां भरी थीं और हर मशीनगन में दो सौ पचास गोलियां भरी थीं।

"मैं उस समय मैदान में घोड़े पर चढ़कर गश्त लगा रहा था। मैं सन्तरी की डयटी पर था। अचानक ज़मीन पर एक छाया थरथरायी और एक टीले के पीछे ग़ायब हो गयी। 'अहा, ' मैंने सोचा, ह्वाईट गार्ड का जासूस

होगा। बच्चू, अब भागकर कहां जाओगे !'

"मैंने घोड़े को एड लगायी और तेजी से टीले के पीछे पहुंचा। और तुम ज़रा अन्दाज़ा लगाओ कि मुझे वहां क्या मिला? ह्वाईट गार्ड का जासूस ? अरे नहीं ! वह एक जवान लड़की थी जो दूधिया चांदनी में खड़ी थी। उसका मुंह तो साये में था, लेकिन उसके बाल हवा में लहराते दिखाई दे रहे थे।

"मैं कूदकर घोड़े से नीचे उतर आया, लेकिन अपनी पिस्तौल तैयार रखी। शायद ज़रूरत पड़े, इसलिए। फिर मैंने पूछा : 'तुम कौन हो और आधी रात को इस लम्बे-चौड़े मैदान में क्यों मारीमारी फिर रही हो?'

"चांद उस वक्त बहुत ही बड़ा लग रहा था। चांदनी में जब उस लड़की ने मेरी टोपी पर लाल सेना का सितारा चमकता देखा तो वह मुझसे लिपट गयी और फूट-फूटकर रोने लगी।

"यह है मारूस्या से मेरे मिलन की कहानी !

"उसी रात हमने हाईट गार्ड के लुटेरों को उस क़स्बे से भगा दिया। हमने जेल के फाटक खोल दिये और वहां बन्द मजदूरों को छोड़ दिया।

"लड़ाई के वक्त मेरी छाती में एक गोली लगी और मुझे अस्पताल में भरती कर दिया गया मेरा कन्धा भी दर्द कर रहा था क्योंकि छाती में गोली लगने पर जब मैं घोड़े से खिर पड़ा था।तो मेरा कन्धा एक पत्थर से टकरा गया था। "मेरी टुकड़ी का कमांडर मुझे देखने आया। वह बोला, 'अलविदा, हम जा रहे हैं ह्वाईट गार्ड का पीछा करने। यह लो तम्बाकू और थोड़ा-सा काग़ज़ तुम्हारे सातियों ने भेजा हैं। अब आराम से रहो, तुम जल्दी अच्छे हो जाओगे।'

"दिन खत्म हुआ और शाम आ गयी। मेरी छाती और

कन्या बहुत दुख रहा था।मैंने एकदम महसूस किया कि मैं बिलकुल अकेला हूं। इस अकेलेपन से मैं उदास हो उठा ! प्यारी स्वेत्लाना, इस दनिया में अगर साथी-संगी न हों तो सब कुछ फीका-सा लगता है।

"अचानक द्वार खुला और मारूस्या चुपचाप बिना आवाज़ किये अन्दर आ गयी।उसे देखकर मैं इतना खुश हआ कि मेरे मुंह से एक चीख-सी निकल पड़ी।

"मारूस्या मेरे पास आकर बैठ गयी। वह अपना हाथ मेरे जलते हुए सर पर रखकर बोली, 'जब से लड़ाई बन्द हई तब से मैं सारे दिन तुम्हें खोजती फिरती रही थी। क्या बहुत दर्द हो रहा है,प्यारे ?

"इसकी तुम ज़रा भी चिन्ता न करो, मारूस्या, मैंने जवाब दिया ।'तुम इतनी पीली क्यों पड गयी हो?'

"तुम सो जाओ,' मारूस्या बोली, 'चुपचाप, बिना किसी खटके के। में हर वक्त तुम्हारे पास रहूंगी और तुम्हारी देखभाल करूंगी।'

"यह मेरा और मारूस्या का दूसरा मिलन था। और इसके बाद आज तक हम कभी अलग नहीं हुए।"

***

"पिताजी," स्वेत्लाना कांपती आवाज़ में बोली, "हमने हमेशा के लिए तो घर नहीं छोड़ा था न ? देखिये, मां हमें कितना प्यार करती है। हम कुछ देर और घूमेंगे और फिर हम वापस घर लौट चलेंगे ठीक है न?"

"तुम्हें कैसे मालूम कि वह हमको प्यार करती है ? हो सकता है वह तुम्हें प्यार करती हो, लेकिन अब मुझे वह प्यार नहीं करती।"

"उंह, यह तो आप झूठ कह रहे हैं," स्वेत्लाना सर हिलाकर बोली, "पिछली रात को जब मेरी आंख खुली तो मैंने देखा कि मां ने अपनी किताब एक तरफ़ हटा दी

और वह आपको बहुत देर तक देखती रही।"

"वाह, इससे क्या होता है। वह खिड़की से बाहर भी तो लोगों को देखती रहती है। देखने के लिए ही तो उसकी आंखें हैं।"

"नहीं, बिलकूल नहीं," स्वेत्लाना दृढ स्वर में तमककर बोली, "जब वह खिड़की से बाहर देखा करती है तो बिलकुल दूसरी बात होती है। ऐसे ...

"स्वेत्लाना ने अपनी पतली भौंहों को ऊपर उठाया, सर को कंधे की ओर झुका दिया और अपने होंठों को दबाकर उदासीन दुष्टि से एक पालतू मुर्गे को देखने लगी जो पास ही अकड़कर चल रहा था।

"लेकिन जब कोई किसी को प्यार से देखता है तो इस तरह नहीं देखता।

अब स्वेत्लाना की नीली-नीली आंखों में चौंधियानेवाली चमक आ गयी, उसकी झुकी फलकों में हलका-सा कंपन आ गया और वह अपनी मां जैसी प्यार-भरी सोचती हुई नज़र से मेरे मुंह की तरफ़ देखने लगी।

"वाह री मेरी चितचोर -मुन्नी," मैंने स्वेत्लाना को गोद में उठाकर कहा, "कल जब तुमने स्याही गिरा दी थी तो कैसे देखा था मुझको?"

तो आपने मुझे कमरे से निकाल बाहर क्यों किया था? और जो निकाल बाहर किये जाते

है वे हमेशा गुस्से की नजर से देखते हैं।"

***

हमने तो वह नीला प्याला नहीं तोड़ा था। हो सकता है कि मारूस्या ने खुद तोडा हो। खैर, हमने उसको माफ़ कर दिया था। कभी-कभी ऐसा होता है कि लोग युं ही

किसी के बारे में बुरा सोजते हैं। स्वेत्लाना ने एक बार मेरे बारे में बुरा नहीं सोचा ?

मैंने जल्दी से वालेन्तीना को खोज निकाला और उससे अपने घर जाने का कोई छोटा रास्ता पूछा।

"मेरा घरवाला थोड़ी ही देर में घोडागाड़ी लेकर स्टेशन जा रहा है," वालेन्तीना बोली, "वह पनचक्की तक आपको ले जायेगा। वहां से आपको थोड़ा ही चलना पड़ेगा।" बाग़ में लौटने पर स्वेत्लाना मुझे बरसाती के पास ही मिली। वह बहुत सकुचायी-सी थी।

"पिताजी," वह बड़ी धीमी और राज़-भरी आवाज़ में बोली, "वह छोटा फ्योदोर अभी-अभी रसभरी की झाड़ियों से निकला है और अब वह आपके थैले से खताइयां चुरा रहा है।"

हम सेब के पेड़ के पास गये, लेकिन चालाक फ्योदोर ने हमको देख ही लिया। वह बाड़ के पास ही उगी हुई घनी झाड़ियों में छुप गया।

"फ्योदोर," मैंने पूकारा, "डरो मत, यहां आ जाओ।" झाड़ियों में हलचल हुई। ज़ाहिर था कि फ्योदोर जल्दी-जल्दी वहां से खिसकना चाहता था। "फ्योदोर," मैंने फिर पुकारा, "यहां आओ। मैं तुम्हें सारी खताइयां दे दूंगा।" अब झाड़ियों में हलचल होनी बन्द हुई और वहां से हांफने की आवाज़-सी आने लगी।

आखिरकार उसकी गुस्से-भरी आवाज़ आयी, "मैं यहां पतलून पहने बिना खड़ा हूं और चारों तरफ़ बिच्छबूटियां हैं..."

तब मैं झाडियों में ऐसे घूसा जैसे जंगल में हाथी। मैंने डरावने फ्योदोर को वहां से निकाला और अपने थैले की सभी बाक़ी खताइयां उसके आगे उंडेल दी।

उसने बड़े इतमीनान से सारी खताइयां क़मीज़ के

पल्ले में भर ली, धन्यवाद तक न कहा और अकड़कर बाग़ के दूसरे सिरे पर जा पहुंचा।

"उफ़! कितना घमंडी है," स्वेत्लाना झुंझलाकर बोली, "अपनी पतलून तक उतार दी है और देखो बादशाह की तरह अकड़कर चलता है।"

दो घोड़ोंवाली गाड़ी मकान के सामने आ खड़ी हुई और वालेन्तीना बरसाती में निकल आयी। बोली:

"लीजिये, आ गयी गाड़ी। इसके घोड़े बड़े अच्छे हैं। चुटकी बजाते आपको पनचक्की तक पहुंचा देंगे।"

फ़्यादार फिर आ पहंचा। लेकिन इस बार पतलून पहने था। वह हमारी तरफ तेजी से भागा आ रहा था और एक धएं के रंग की बिल्ली के बच्चे को गरदन से घसीटता ला रहा था। ऐसा लगता था कि बिल्ली का बच्चा इस बरताव का आदी हो गया था, क्योंकि वह न तो कूलबुला ही रहा था और न म्याऊं म्याऊं ही कर रहा था। वह केवल अधीर होकर अपनी तरम रोयेंदार छोटी दुम हिला रहा था।

"इसको ले लो," फ्योदोर बोला। उसने बिल्ली के बच्चे को स्वेत्लाना के हाथों में ठूंस दिया। "क्या यह मेरा ही रहेगा हमेशा के लिए?" स्वेत्लाना ने खुश होकर पूछा। उसने मेरी और भी झिझकते हुए देखा। - "हां, तुम इसको रखो अगर तुम्हें अच्छा लगे, "वालेन्तीना बोली," हमारे यहां तो ऐसे कितने ही हैं। अच्छा, फ्योदोर, अब तुम यह बताओ कि तुमने खताइयां गोभी की क्यारी में क्यों छपा दी? मैं खिडकी से सब देख रही थी।"

"अच्छा, मैं जाकर उनको और दूर किसी दूसरी अच्छी जगह छुपा दूंगा." फ्योदोर ने जवाब दिया। और वह भालू के बच्चे की तरह झूमता हुआ चला गया।

"बिलकूल अपने नाना जैसा है, "वालेन्तीना

मुस्कराकर बोली, "इतना हटा-कटा लगता है, लेकिन अभी सिर्फ चार साल का है।"

चौड़ी हमवार सड़क पर हम गाड़ी में जा रहे थे। शाम हो रही थी। दिन का काम करके लोग अपने घरों को जा रहे थे। वे थके-मांदे लेकिन खुश थे। सामूहिक फ़ार्म की एक ट्रक घरघराती हुई गराज में चली गयी। दूर खेत में फ़ौजी बिगुल बज उठा। गांव का घड़ियाल टनटनाया।

एक रेलगाड़ी का इंजन टू-टू करता हुआ जंगल के उस तरफ़ चला गया। पहियो, घूमते रहो, गाड़ियो, दौड़ती रहो। रेल की पटरियां बहुत-बहुत दूर तक बिछी हुई हैं।

बिल्ली के रोयेदार बच्चे को ज़ोर से अपनी छाती से चिपटाते हुए स्वेत्लाना खुश होकर पहियों की चर्र-मर्र की ताल पर यह गीत गाने लगी :

हैं...हैं...
वे आ रहे हैं!
छोटे-छोटे चूहे
उनकी दुम भी छोटी-छोटी
और आंखें भरी शरारत से,
वे रेंग रहे हैं हर जगह।
वे रेंग रहे हैं ताक़ पर
ठक !... ठक !...
प्याला खत्म !
और इसके लिए कौन ज़िम्मेदार?
हम तो नहीं !
हां, वे छोटे-छोटे चूहे.
काले बिलों में रहनेवाले।

छोटे-छोटे चूहो, नमस्कार!
हम वापस आ गये।
और अब बताओ तो
हम क्या साथ लाये हैं?
म्याऊं-म्याऊं करता यह,
उछल-कूद मचाता यह
और दूध पीता यह तश्तरी से।
अब खैर इसी में है
तुम छुप जाओ अपने बिल में,
काले छोटे बिल में,
नहीं तो काटे जाओगे।
टुकड़े-टुकड़े हो जाओगे,
दस टुकड़े हो जायेंगे,
बीस टुकड़े हो जायेंगे,
दस करोड़ टुकड़े हो जायेंगे।

गाड़ी पनचक्की के सामने रुकी और हम कूदकर उतर आये।

पाश्का बुकामाशकिन, सान्का, बेर्था और कई दूसरे बच्चों की आवाजें आ रही थीं जो चहारदीवारी के पीछे गुल्ली-डंडा खेल रहे थे।

"झूठमूठ मत खेलो," सान्का बेर्था से चिल्लाकर कह रहा था, "तुम लोगों ने तो मुझ पर बेईमानी करने का आरोप लगाया था और अब खुद एक क़दम उठाने के बजाय दो क़दम बढ़ आये हो।"

"फिर कुछ गड़बड़ हो रही है," स्वेत्लाना ने समझाया, "मेरा ख्याल है कि वे फिर झगडा करेंगे।" तब उदास-सी

होकर वह बोली, "लेकिन इसके बिना कोई चारा ही नहीं। यह खेल ही ऐसा है।"

जब हम अपने घर के नज़दीक पहुंचे, हमारे अंदर एक अजीब-सी हलचल मच गयी। एक नुक्कड़ पर मुड़ना और एक टीले को लांघना ही बाक़ी रह गया था।

अचानक हम ठिठककर एक दूसरे को देखने लगे। हमें अपनी आंखों पर विश्वास नहीं आ रहा था।

हमें अपने घर की भूरी छत यहां से दिखाई दे रही थी। हां, अभी उसकी टूटी-फूटी बाड़ और ऊंची बरसाती दिखाई नहीं दे रही थी। अब देखो, वह हमारी सुन्दर, चमकती हुई फिरकी जो हवा में तेजी से घूम रही है।

"मां तो छत पर खुद बैठी हुई है," स्वेत्लाना मेरी आस्तीन खींचकर चिल्लायी। हमने टीला भी पार कर लिया। शाम के सूरज की सुनहरी किरणों से हमारे घर की बरसाती चमक रही थी। लाल फ्राक पहन और अपने नंगे पांवों में सैंडल डाले हमारी मारूस्या वहां खडी थी। वह मुस्करा रही थी।

"हंसो, ज़ोर-ज़ोर से हंसो," मारूस्या की ओर दौडती हई स्वेत्लाना चिल्लायी, लेकिन हमने अब तुम्हें माफ़ कर दिया!"

मैं भी मारूस्या के पास पहुंचा और उसको घूरने लगा।

मारूस्या की आंखों में एक अजीब कोमल चमक थी। हम समझ गये कि वह बहुत देर से हमारा इन्तज़ार कर रही है। और वह बहुत खुश है कि हम घर लौट आये हैं।

"नहीं" मैंने नीले प्याले के टुकड़ो को लात मारते हुए मन ही मन सोचा, "उन दुष्ट भूरे चूहो ने इसको तोडा है। हमने नहीं तोड़ा। और न ही मारूस्या ने ही कुछ तोडा है।"

***

फिर रात आयी चांद और तारों को लेकर।

हम तीनो अपने बाग में पकी हुई चेरी के पेड़ के नीचे बहुत देर तक बैठे रहे। मारूस्या ने हमें सबकुछ बताया- वह कहां-कहां गयी थी, उसने क्या-क्या किया था और क्या देखा था। स्वेत्लाना तो आधी रात तक अपनी कहानी कहती रहती। लेकिन मारूस्या को समय का ध्यान आया और उसने स्वेत्लाना को सोने के लिए भेज दिया।

हां, अब बताइये, पिताजी," शैतान स्वेत्लाना ने ऊंघते हुए बिल्ली के बच्चे को अपने साथ ले जाते हुए पूछा, "क्या हमारी ज़िन्दगी अब दुखी है ?" हम खड़े हो गये। एक दुधिया चांद हमारे बाग़ के ऊपर चमक रहा था। कहीं दूर एक रेलगाड़ी गड़गड़ाती हुई उत्तर की ओर जा रही थी।

रात के वक्त कोई हवाई जहाज़ चलानेवाला तेज़ी से उड़ता हुआ हमारे सिरों के ऊपर से गुज़रा और बादलों में गायब हो गया।

और सचमुच, साथियो, ज़िन्दगी खूबसूरत थी !

www.ingramcontent.com/pod-product-compliance
Lightning Source LLC
LaVergne TN
LVHW102103041026
849558LV00002B/41
9789390404353